O TEATRO DAS BRUXAS

Edgar J. Hyde

Ciranda Cultural

O TEATRO DAS BRUXAS

Edgar J. Hyde

Dados Internacionais de Catalogação na Publicação (CIP)
(Câmara Brasileira do Livro, SP, Brasil)

Hyde, Edgar J.
   O teatro das bruxas / Edgar J. Hyde ; [tradução Silvio
Antunha]. -- Barueri, SP : Ciranda Cultural, 2015. -- (Hora do
Espanto)

   Título original: Stage Fright!

   1. Ficção juvenil I. Título. II. Série.

15-02965   CDD-028.5

Índices para catálogo sistemático:

1. Ficção : Literatura juvenil 028.5

© 2015 Robin K. Smith
Esta edição de *Hora do Espanto* foi publicada
em acordo com Books Noir Ltd.
Título original: *Stage Fright!*

© 2015 desta edição:
Ciranda Cultural Editora e Distribuidora Ltda.
Tradução: Silvio Antunha

1ª Edição
2ª Impressão em 2016
www.cirandacultural.com.br
Todos os direitos reservados. Nenhuma parte desta publicação
pode ser reproduzida, arquivada em sistema de busca ou transmitida
por qualquer meio, seja ele eletrônico, fotocópia, gravação ou outros,
sem prévia autorização do detentor dos direitos, e não pode circular
encadernada ou encapada de maneira distinta àquela em que
foi publicada, ou sem que as mesmas condições sejam
impostas aos compradores subsequentes.

Sumário

Capítulo 1	7
Capítulo 2	15
Capítulo 3	21
Capítulo 4	29
Capítulo 5	37
Capítulo 6	43
Capítulo 7	51
Capítulo 8	61
Capítulo 9	69
Capítulo 10	73
Capítulo 11	81
Capítulo 12	85
Capítulo 13	89
Capítulo 14	101

Capítulo 1

As mãos deformadas e enrugadas da bruxa agarraram a colher de pau com firmeza e mexeram o conteúdo do caldeirão. Ela era a mais velha e também a mais feia das três. Seu imenso nariz em forma de gancho quase encostava no lábio superior e, quando ela falava, era possível ver os poucos dentes remanescentes, escurecidos e quebrados com a idade. Ela tinha perdido um olho alguns anos antes, numa batalha com uma bruxa do bem. Mas, em vez de usar tapa-olho, ela simplesmente deixava a cavidade ocular exposta para todos verem.

Ela começou a murmurar enquanto continuava mexendo.

– Cauda de gerbo fresca, fígado de filhote de cachorro, coração de cordeiro recém-nascido – ela gargalhava e olhava para suas duas irmãs.

Hora do Espanto

– Por enquanto, tudo bem... – ela comentou com a boca retorcida, fazendo mais uma careta do que sorrindo. – Uma de vocês, traga-me o livro de feitiços. Rápido, preciso verificar os outros ingredientes.

A bruxa mais próxima tratou de se mexer, roçando seu enorme vestido preto no chão. Como as outras, ela estava toda de preto, da ponta do chapéu pontudo até os pés supergrandes, que calçavam enormes sapatos pretos de fivela.

Assim como a maioria das bruxas, ela tinha várias verrugas espalhadas pelo rosto, e a maior ficava na ponta do nariz. Ao contrário das irmãs, ela não tinha os olhos pequenos e redondos. Eram de uma cor prateada penetrante e brilharam enquanto ela procurava o livro de feitiços perdido.

– Ali – disse a outra irmã, apontando para o livro.

Mas não foi com o dedo que ela apontou, já que ela também tinha lutado e perdido uma difícil batalha contra a mesma bruxa do bem anos

O Teatro das Bruxas

atrás, ficando sem a mão direita e parte do braço no combate. Por isso, a mão e o braço dela eram feitos de metal puro. A princípio, a bruxa se sentia em desvantagem, mas agora ela era capaz de realizar a maioria das tarefas com maior destreza.

Era ela quem reunia os ingredientes mais complexos, pois com sua mão de metal era fácil capturar até os animais mais rápidos.

Ela viu os olhos prateados da irmã brilharem na escuridão quando se curvou para pegar o livro de feitiços e levá-lo até a fogueira onde o caldeirão borbulhava.

Foi então que houve um enorme relâmpago e o céu ficou ainda mais escuro do que antes. Os raios serpentearam no céu e as três bruxas gargalharam juntas ao pensarem na tempestade iminente.

– Uma noite perfeita, irmãs – disse a primeira, com um hálito podre que se misturava com o ar da noite enquanto ela falava.

Ela parou de virar as páginas quando chegou ao feitiço que procurava. Percorreu com a unha

Hora do Espanto

enegrecida a página de alto a baixo, até chegar ao próximo ingrediente que devia colocar no caldeirão.

– Ha, ha, ha! – ela sorriu com ironia. – Isso aqui eu vou adorar. Uma mecha de cabelo recém-cortado de um menino – ela olhou para as irmãs, que também riram. – Tragam-no até mim!

As duas irmãs olharam alegremente uma para a outra e saíram, sob o brilho alaranjado das chamas, em direção ao bosque que rodeava a clareira onde elas tinham feito a fogueira. O menino chorou quando elas se aproximaram. Ele fugiu ao ver as bruxas e correu pela floresta, mas acabou tropeçando e caindo sobre espinhos. Foi o momento perfeito. As bruxas o capturaram e amarraram os braços e as pernas dele. A franja loira cobria-lhe a testa, seu rosto estava coberto de lágrimas. Ele tinha tentado ser corajoso. Afinal de contas, garotos de 10 anos de idade não choram, mas ele simplesmente não pôde evitar. Estava com muito medo.

A bruxa de olhos prateados olhava fixamente para ele, parecia queimá-lo por dentro, como se

O Teatro das Bruxas

ela visse a alma dele. A outra se curvou e desamarrou a corda dos pés do menino com um rápido movimento de sua mão de metal.

Ele ficou arrepiado.

– Levante-se, menino – ela ordenou, arrastando-o.

O menino retraiu-se, em parte pela dor do puxão, mas também pelo forte odor que exalava das bruxas.

"Mesmo se viver até os 100 anos, jamais vou esquecer esse fedor... Isto é, se eu sobreviver" – ele pensou, enquanto uma das bruxas o empurrava.

Ele foi obrigado a andar em direção ao caldeirão. Enquanto isso, trovejava e raios rasgavam o céu o tempo todo. Ao chegar mais perto da fogueira, ele viu que a bruxa mais velha tinha se curvado para desembrulhar alguma coisa. Ela abriu um grande pedaço de pano preto, expondo uma coleção completa de facas e tesouras de aço brilhantes. De repente, o menino prendeu a respiração. Em seguida, começou a tremer, descontrolado.

Hora do Espanto

A bruxa parecia incapaz de decidir qual tesoura usar, e se mostrava muito indecisa entre duas em particular.

Quando ele chegou perto o suficiente, as duas sequestradoras começaram a desamarrar as mãos dele. A outra bruxa ainda olhava as tesouras.

– Se me permite uma sugestão, irmã – uma delas começou a falar. – Se está tendo dificuldades para escolher, posso cortar o cabelo agora mesmo – e ela estalou os dedos de metal no ar.

O menino desatou a chorar.

– Fique quieto, seu chorão! – disse a bruxa, escolhendo finalmente a tesoura e levantando-a no ar com um floreio.

Ela pediu às irmãs que trouxessem o garoto para mais perto, pois queria escolher a melhor mecha.

– Por favor! – ele soluçava e implorava. – Por favor, não me machuquem!

Irritada com a resistência e os apelos do menino, a bruxa levantou a tesoura no ar.

– Prontas? – ela perguntou às irmãs, que seguravam o menino, uma de cada lado.

O Teatro das Bruxas

Elas acenaram que sim. Quando a tesoura se aproximou do cabelo do menino, ele gritou e tentou esquivar-se, em vão. O aço frio brilhou quando fez contato com o cabelo dele, que ficou intacto nas mãos da bruxa, brilhando feito ouro. O menino desmaiou, e as bruxas o deixaram caído sobre a grama, enquanto observavam a irmã empolgada jogar fio a fio a mecha no caldeirão. Outra trovoada veio em seguida. Elas bateram palmas de alegria e dançaram histericamente em volta da fogueira.

Duas moças vestidas com *collants* e sapatos iguais caminharam para a frente do caldeirão fumegante e mostraram um grande cartaz. Pouco antes de a cortina se fechar, a plateia pôde ler na placa: "FIM DO PRIMEIRO ATO".

Capítulo 2

Agora sem as roupas, os chapéus e os sapatos pretos de bruxa, com uniformes escolares, as três garotas sentaram-se juntas no refeitório da escola para discutirem o ensaio.

– Não sei se essas verrugas de plástico foram uma boa ideia – resmungou Jo ao se olhar no espelho. – Essa aqui no meu queixo grudou demais. Onde você achou isso?

– Na loja de fantasias da cidade – respondeu Melissa. – O mesmo lugar onde achei o nosso figurino. Não é incrível?

– Não é tanto quanto essa rosquinha – disse Danny Cottrill ao passar pela mesa das garotas, roubando uma rosquinha.

– Ei! – gritou Jenny, pulando em cima dele. – Devolva isso.

Hora do Espanto

Danny parou e virou-se para encarar as garotas.

– Por quê? Se eu não devolver, você vai lançar um feitiço em mim? – ele ironizou, enfiando metade da rosquinha roubada na boca.

– É! – gritou Jenny. – Cuidado, Danny Cottrill, ou vou pegar o meu livro de feitiços e transformar você num sapo feio e gordo. Ops! Quase esqueci, você já é um sapo feio e gordo... – ela riu e foi sentar ao lado das amigas.

Danny estava tão ocupado rindo da própria piada que nem ouviu o que Jenny falou por último. Ele continuou andando pelo refeitório lotado, dando tapas na nuca dos outros (que não queriam levar um tapa), fazendo as crianças menores que carregavam bandejas tropeçarem e pegando tudo o que estava a seu alcance.

– Idiota – murmurou Jo, voltando a olhar fixamente para o espelho e se esforçando para remover a desagradável verruga.

– Puxa vida, como eu queria que essa coisa saísse – ela resmungou, irritada, quando o peda-

O Teatro das Bruxas

ço de plástico se soltou de seu queixo e caiu na mesa diante dela.

– Dito e feito – Melissa sorriu. – E nem vi você fazer um feitiço!

Jo sorriu para a amiga.

– É que você não me ouviu pronunciar a palavra mágica "abracadabra". Você pode desejar o que o seu coração quiser: uma pele maravilhosa sem espinhas, uma vaga no time de hóquei, um encontro com o Jonathan...

As três garotas suspiraram ao mesmo tempo.

– Imaginem só! – Melissa tomou fôlego. – O dia em que uma de nós conseguir marcar um encontro com o Jonathan será simplesmente um milagre...

Jenny esfregou as unhas. O esmalte preto que ela tinha acabado de remover havia deixado algumas pequenas manchas nas cutículas.

– Ótimo ensaio, meninas, não acham? – disse Jo. – Fiquei feliz quando a professora Debby escolheu essa peça, é bem dramática. Dava até para ouvir os alunos mais novos prenderem a respiração hoje quando ensaiamos o primeiro ato.

Hora do Espanto

– Sim – Melissa concordou –, mas devo admitir que foi um alívio tirar o braço falso depois do ensaio. É bem difícil mexer os dedos.

– Podemos mudar isso, eu acho – disse Jenny. – Quer dizer, não existia um braço mecânico na peça original, mas a professora Debby achou que isso deixaria a peça *Oh, fantasmas, obedeçam-nos!* mais moderna.

– Não, ela está certa – disse Melissa, flexionando a mão e os dedos. – Vamos deixar assim. A peça fica um pouco mais moderna mesmo. Mas a atuação do Jonathan foi brilhante hoje, não acham? Aqueles berros foram realmente de arrepiar, eu mesma quase acreditei nele. Enfim, de onde você disse que a professora tirou esse roteiro? – ela virou-se para Jo.

– Aparentemente, ela o encontrou quando limpava um armário velho na sala de teatro há algumas semanas – disse a amiga. – Ela o leu e gostou da história na hora. Quando olhou em registros antigos da escola, ela percebeu que, embora a peça tenha sido escrita por um ex-aluno cerca de 60 anos atrás, ela nunca foi encenada na

O Teatro das Bruxas

escola. Disseram para ela que todas as tentativas anteriores de encenar a peça fracassaram, já que os alunos que faziam os papéis de inimigos das bruxas sempre ficavam com doenças misteriosas. Estranho, não acha?

– Com certeza, e meio assustador – concordou Jenny.

– Ora, não seja boba – disse Melissa. – Você está levando a sério demais essa conversa de fígados de cachorrinhos e corações de cordeiros. É só uma história.

No mesmo instante, o sinal começou a tocar, anunciando o fim do intervalo. Jenny se abaixou para recolher os livros que tinham caído e os colocou na mochila.

– Preciso ir – ela avisou, depois de beber o suco às pressas. – Duas aulas de História, eu acho... Vejo vocês às quatro.

Jo e Melissa se despediram da amiga e seguiram para o outro lado da escola.

– Duas aulas de Matemática, eca! – Melissa reclamou, quando as duas entraram na sala de aula.

Hora do Espanto

– Sim – cochichou Jo. – Mas pelo menos a vista é boa.

As garotas se sentaram e apoiaram o queixo nas mãos, prontas para contemplarem Jonathan com um olhar sonhador pelo resto da aula.

Capítulo 3

Na manhã seguinte, as três amigas voltaram à sala de teatro, mas desta vez elas não estavam no palco, estavam repassando algumas mudanças na peça com a professora Debby.

– Odeio essas partes – murmurou Melissa, bem baixinho. – São muito chatas.

– O que foi, Melissa? – perguntou a professora. – Por favor, compartilhe com o resto da classe: o que está incomodando você?

Melissa limpou a garganta e levantou-se.

– Desculpe, professora, eu estava apenas dizendo para a Jenny que teria sido uma boa ideia se tivéssemos feito um ensaio geral ontem.

A professora ergueu as sobrancelhas, sem acreditar no que a garota disse.

– Tudo bem, Melissa, sente-se. Vamos continuar. Só temos duas semanas. A noite de estreia se aproxima.

Hora do Espanto

Por fim, depois de muitas discussões sobre mudanças na iluminação, quem e quando deveria entrar e sair, a professora chamou as três garotas para o palco.

– Tudo bem, garotas, vamos ensaiar a cena do necrotério, quando as bruxas trazem um cadáver de volta à vida. Agora, lembrem-se: sejam intensas, quero horror, maldade. Vamos lá, quero ficar aterrorizada.

A professora se sentou com o resto da classe enquanto as três bruxas encenavam a história. Elas logo entraram nas personagens, e a professora teve que admitir que elas eram muito boas. Estavam incrivelmente realistas, a ponto de ela se perguntar se a peça não seria assustadora demais para as crianças mais jovens da escola. Ela balançou a cabeça negativamente.

– Não – ela concluiu. – Hoje em dia, as crianças amadurecem tão rápido que seria preciso mais do que uma simples peça sobre bruxas para espantá-las. Tudo vai ficar bem.

No palco, as três garotas, de mãos dadas e olhos fechados, andavam em volta da cama

O Teatro das Bruxas

mortuária (ou mesa, por enquanto, ela seria devidamente adaptada na noite de estreia), caminhando lentamente em volta do cadáver que jazia ali, imóvel, envolto num lençol branco. Elas murmuravam alguns feitiços enquanto a professora fazia uma anotação mental, para dizer a elas que falassem um pouco mais alto, pois não tinha certeza de qual cântico em particular elas estavam repetindo.

Ela reparou, de relance, nas janelas da sala do teatro e se admirou com o escurecimento repentino do céu.

"Acho que uma grande tempestade está por vir" – ela pensou ao voltar sua atenção para o palco.

"Elas realmente estão muito bem" – a professora pensou de novo, enquanto observava as garotas em ação. O clima estava tão tenso que era possível ouvir um alfinete cair no chão da sala.

As bruxas pararam de rodear o corpo e foram para seus lugares, uma em cada ponta do corpo e a outra no centro. Tocando diferentes partes do cadáver com as pontas dos dedos, elas co-

Hora do Espanto

meçaram a sussurrar, gradualmente elevando o tom, até o barulho encher a sala inteira. Então, ao mesmo tempo, elas pararam.

– Ele já está quente – sorriu a bruxa no centro do corpo. – Vamos terminar o trabalho.

Elas deram as mãos e começaram a recitar as palavras que não diziam juntas havia centenas de anos.

– Da escuridão ordenamos que você se levante.
Ficará mais tempo na Terra de hoje em diante.
Para mais feitiços malignos podermos espalhar,
traga toda sua força para o mal eternizar.

Elas entoaram o feitiço muitas vezes, falando cada vez mais rápido, as palavras quase tropeçavam umas nas outras, até ficarem quase incompreensíveis. E o céu foi ficando cada vez mais escuro. A professora assistia ao espetáculo, fascinada, quando o "cadáver" começou a se levantar debaixo do lençol branco, como se atendesse ao feitiço das bruxas.

De repente, a janela do outro lado da sala quebrou, espalhando seus minúsculos estilhaços.

O Teatro das Bruxas

Uma das garotas, que assistia à peça e estava sentada perto da janela, pulou assustada e começou a chorar. Em choque, a professora Debby se recompôs e imediatamente acendeu a luz. A escuridão na sala era tanta que qualquer pessoa poderia jurar que mais parecia meia-noite do que meio-dia.

– Tudo bem, pessoal, acalmem-se – ela gritou, enquanto os alunos procuravam ver o que tinha acontecido com a janela. – Para trás. Não quero ninguém se cortando com vidro.

Ao se curvar para ver melhor, ela descobriu a razão de a janela ter quebrado. Um pequeno corvo, com apenas semanas de idade, estava em meio ao vidro estilhaçado.

"Ele deve ter saído do ninho antes da hora e bateu direto na janela" – ela pensou, sacudindo a cabeça. "Mas não acho que um pássaro tão pequeno conseguiria quebrar a janela. Provavelmente, o vidro estava rachado. Por isso, deve ter quebrado."

Ela tirou o lenço do bolso e recolheu a pequena ave.

Hora do Espanto

– Afastem-se, meninas. Está tudo bem agora.

Melissa, Jo e Jenny desceram do palco e se juntaram ao resto da classe, olhando para a janela quebrada com curiosidade. A professora Debby colocou o passarinho morto no cesto de lixo. Ela ia pedir ao zelador que o jogasse fora depois. Olhou para a mesa no palco, coberta com o lençol branco. Ela subiu os poucos degraus até o palco e ficou de frente para a classe.

– Muito bom, turma, foi uma ótima apresentação. Vejo vocês amanhã no ensaio extra.

Foi quando o sinal tocou. Ela ergueu a voz, tentando ser ouvida.

– Trolls e duendes, não se esqueçam de trazer amanhã os figurinos que estiverem prontos.

Enquanto a classe fazia barulho juntando as coisas e saindo da sala, a professora olhou novamente para o lençol branco. Ela podia jurar que alguma coisa tinha se mexido quando as garotas estavam entoando o feitiço, mas só podia ser bobagem. Ela tinha apenas ficado empolgada com o clima da peça, a escuridão do céu, os relâmpagos e a ameaça de tempestade. Apreensiva, ela

O Teatro das Bruxas

foi em direção à mesa. Com cuidado, e sentindo mais medo do que ousaria admitir, ela levantou uma ponta do lençol e olhou por baixo; depois suspirou alto e percebeu que estava prendendo a respiração. Uma pilha de livros e um velho par de sapatos! Ela devia saber disso muito bem! Recolocou o lençol no lugar delicadamente e sorriu para si mesma, aliviada.

Foi só depois de fechar a porta da sala de teatro que ela percebeu como seu coração batia forte.

Capítulo 4

Jenny olhou desanimada para a prova diante dela. Ela detestava Álgebra! Por mais que tentasse, ela sentia que jamais entenderia aquilo, que seria sempre algo tão estranho quanto uma língua estrangeira.

– Puxa! Como eu queria entender isso – ela murmurou, enrolando o cabelo com os dedos e mastigando a ponta do lápis. Relutante, ela colocou o lápis no papel e começou a fazer a prova.

Dois dias depois, ao devolver-lhe a prova corrigida, o professor Carter deu um enorme sorriso para Jenny.

– Muito bem! – ele elogiou. – Você deve ter estudado muitas horas para tirar essa nota. Estou impressionado.

Jenny olhou para o resultado da prova e não acreditou: nove! Ela conferiu o nome no alto da

Hora do Espanto

folha, achando que o professor Carter tinha entregado a prova errada. Mas não, era dela mesmo. Jo olhou intrigada para Jenny, que lhe mostrou a prova.

– Uau! – cochichou a amiga. – Como você fez isso?

Jenny deu de ombros e abriu a apostila, pronta para a lição do dia. Tinha conseguido tirar um nove, quase dez, numa matéria que ela nunca tinha entendido. Talvez, ela estivesse finalmente começando a entender a matéria.

Algum tempo depois, quando as garotas fizeram uma retrospectiva dos eventos relacionados à peça, elas perceberam que seus desejos se realizavam rapidamente. Eram coisas bobas. Jo desejou que a verruga saísse, depois Jenny desejou ir bem em uma prova de Álgebra e, em seguida, Melissa desejou que sua mãe lhe comprasse um tênis novo. Bastava elas manifestarem seus desejos, que as coisas aconteciam. Mas elas só começaram a ficar assustadas no dia em que desejaram mal a Danny Cottrill.

O Teatro das Bruxas

O sol brilhava e a maioria dos estudantes estava lá fora assistindo à gincana dos alunos do oitavo ano. Os eventos ocorriam em diferentes partes da quadra, mas as garotas assistiam à corrida de obstáculos, pois Jonathan, o herói delas, era o favorito para vencer. A largada foi dada e os meninos começaram a correr. Jonathan corria por fora, na pista externa e, à direita dele, vinha Danny Cottrill. Os dois disputaram grande parte da corrida lado a lado, até que Danny caiu, e pareceu que ele colocou o pé intencionalmente no caminho de Jonathan, fazendo com que Jonathan também caísse.

– Que babaca! – gritou Melissa. – Por que ele sempre tem que fazer isso? O Jonathan estava correndo muito bem. Ele com certeza venceria se esse idiota não o tivesse derrubado!

– Às vezes eu realmente queria que esse estúpido se machucasse para valer – concordou Jenny.

A corrida continuou, é claro, e Jonathan se levantou lentamente, verificando se havia al-

Hora do Espanto

gum ferimento. Ele tinha um corte no joelho, nada muito grave, e foi mancando em direção a Danny para oferecer ajuda. Danny não se mexia. Jonathan se inclinou para perto dele, assim que o enfermeiro da escola correu para a pista.

– Acho que ele bateu a cabeça quando caiu – disse Jonathan. – Talvez tenha tido uma concussão.

O enfermeiro analisou rapidamente o menino e decidiu que era melhor chamar uma ambulância. Levaram Danny de maca para fora da quadra e, com as luzes da ambulância piscando e a sirene tocando, ele foi levado direto para o hospital local.

Na manhã seguinte, o senhor Paul, o diretor, convocou uma reunião e comunicou à escola as lesões de Danny. Ele não só tinha quebrado as duas pernas como tinha sofrido algum tipo de hemorragia interna e entrou em coma. A família estava ao lado da cama do garoto e tinha sido avisada de que era possível que Danny sobrevivesse, mas que eles deveriam se preparar para o pior.

Jenny tapou a boca com as mãos.

O Teatro das Bruxas

– Minha nossa! – ela exclamou quando Melissa e Jo olharam para ela. – Eu desejei isso para ele. Vocês se lembram? Na quadra de esportes? Eu desejei que alguma coisa grave acontecesse com o Danny, e agora aconteceu.

– Ora, não seja boba, Jenny – Jo retrucou. – Você não pode desejar que alguém entre em coma!

– Será que não? – perguntou Jenny. – Não tenho tanta certeza. Vamos dar uma boa olhada no que vem acontecendo nas últimas semanas.

As garotas saíram do auditório e ficaram paradas aguardando a próxima aula. Com ajuda de Jenny, Melissa começou a lembrar de todas as coisas que elas tinham desejado e que se tornaram realidade. Elas estavam céticas a princípio, mas aconteceram tantas coisas que Jo teve que concordar que aquilo tudo poderia ser mais do que uma simples coincidência.

– Mas como... Eu não entendo por que de repente tudo isso passou a acontecer conosco – disse Jo. – Quantas vezes vocês fecharam os olhos e fizeram um desejo, meio sem esperanças de que

Hora do Espanto

ele se realizasse, e que, é claro, nunca se realizou, e agora, por uma razão inexplicável, estamos conseguindo tudo o que pedimos? Por quê?

– A peça – disse Jenny, calmamente. – Eu acho que tudo está ligado à peça de alguma forma. Pensem bem. Isso tudo começou a acontecer quando aceitamos os papéis das bruxas.

A professora Karen se inclinou no batente da porta e olhou para as três garotas.

– Alguma coisa que eu deveria saber, garotas? Vocês foram dispensadas da minha aula e ninguém se preocupou em me comunicar? – ela perguntou.

– Perdão, professora, já estávamos entrando – gaguejou Melissa, enquanto as três garotas iam para a sala de aula.

Antes de se sentar, ela cochichou para as amigas:

– Lembrem-se do velho ditado: "Cuidado com o que deseja, pois pode se tornar realidade". Acho que deveríamos começar a tomar cuidado com...

O Teatro das Bruxas

– MELISSA! – gritou a professora Karen. – Tem certeza de que você faz parte desta classe? Se sim, por favor, sente-se, pegue seus livros e preste atenção na aula de hoje.

O sinal que anunciaria o fim da aula pareceu demorar uma eternidade para tocar. As garotas se reuniram no portão da escola, e Melissa pegou a cópia do roteiro na mochila.

– Geraldine Somers – ela leu em voz alta. – Foi ela quem escreveu a peça, e acho que deveríamos começar a pesquisar sobre ela. Quanto mais eu penso nesses desejos, mais convencida eu fico de que eles têm alguma coisa a ver com a peça, e conhecer a autora parece um bom começo.

Jenny e Jo concordaram plenamente.

– Vamos ver, amanhã é sábado, então podemos ir à biblioteca de manhã para ver se conseguimos encontrar algum registro dela, o local onde ela mora e descobrir se ela escreveu outras peças e assim por diante.

– Mas lembrem-se – disse Jo –, essa peça foi escrita há pelo menos 60 anos. Se a Geraldine tivesse uns 13 ou 14 anos quando a escreveu,

Hora do Espanto

ela deve ser bem velhinha agora. Teremos que tomar muito cuidado se a encontrarmos mesmo, não queremos perturbar uma senhora idosa sem motivo.

As garotas combinaram de se encontrar na manhã seguinte às nove em ponto na entrada da biblioteca, depois se separaram.

– Nove da manhã no sábado, lá se vai a minha soneca – resmungou Jenny.

Capítulo 5

As garotas pesquisaram sem sucesso durante mais de uma hora quando, de repente, Melissa encontrou o que procurava.

– Achei! – ela disse, empolgada, percorrendo a página com o dedo. – Olhem só: Geraldine Somers, nascida em sete de outubro de 1920. Isso significa que ela deve ter 79 anos agora. Então, se ela escreveu a peça aos 14 anos, a peça tem uns 65 anos. Ótimo. Agora, onde ela mora?

– Veja, Melissa – Jo disse calmamente, apontando para o outro lado da página. Embaixo da coluna mais distante, uma anotação havia sido escrita, mostrando que Geraldine Somers havia morrido no dia 14 de abril de 1982. Jo suspirou.

– Então é isso, não podemos falar com um fantasma – ela disse, resignada.

Hora do Espanto

As três garotas ficaram em silêncio, observando as informações na página. O que elas podiam fazer, além de esquecer completamente a ideia de pesquisar? Jenny fechou o livro e o colocou de volta na prateleira.

– Vamos embora, gente. Não adianta ficarmos aqui – Jenny entrelaçou os braços com os das duas amigas, e as três saíram da biblioteca.

Melissa parou de repente.

– Espere um minuto – ela disse às amigas. – Podemos visitar o túmulo dela! Ela deve estar enterrada no cemitério local. O último endereço conhecido dela no livro era no nosso bairro. Então, faz sentido que ela esteja enterrada aqui. É, é isso aí – ela acenou com a cabeça, animada. – Vamos visitar o túmulo dela!

Jenny e Jo olharam uma para a outra, ambas muito menos entusiasmadas do que Melissa.

– Mas, Melissa, eu não vejo motivo nenhum... – Jo tentou argumentar.

– O que eu quero dizer é o seguinte – interrompeu Melissa –, esse é o único ponto de partida que temos. Vocês não entendem? Não temos

O Teatro das Bruxas

alternativa. Precisamos visitar o túmulo se quisermos descobrir algo. Jenny? – ela lançou um olhar de dúvida para a amiga.

– Bem – começou Jenny, lentamente –, acho que eu gostaria de ir a fundo nessa questão, mas não sei se…

– Então, está decidido – Melissa interrompeu de novo. – Vamos! Não temos que andar muito.

– Melissa, espere – disse Jenny. – Não posso ir agora. Tenho que fazer compras com a minha mãe hoje à tarde e, se eu for ao cemitério agora, não voltarei a tempo de me encontrar com ela. Tenho duas opções: ou eu fico de fora ou faço isso mais tarde.

Melissa olhou para Jo.

– Desculpe, Melissa, prometi levar a minha sobrinha para patinar hoje à tarde. Posso ir com você quando eu voltar. Devo chegar em casa lá pelas quatro.

Melissa respirou fundo, desapontada porque as amigas não podiam ir naquela hora. Ela não era uma pessoa muito paciente.

Hora do Espanto

– Tudo bem – ela concordou, relutante. – Podemos nos encontrar no portão do cemitério às quatro e meia? Ainda estará claro, e teremos tempo suficiente para encontrar a lápide e verificar as coisas. E lembrem-se: levem blusa, faz muito frio por lá.

O cemitério local ficava bem no topo de uma colina íngreme e era um lugar muito frio, principalmente nas noites escuras de novembro. Jo tremia por dentro só de pensar que elas iriam fazer isso ao entardecer, mas não disse nada, não queria estragar os planos de Melissa.

Quando elas novamente se separaram, Melissa virou para trás e gritou para uma das garotas levar uma lanterna. E uma estaca, só por precaução.

– Só por precaução por quê? – Jo olhou para Jenny, preocupada.

– Vampiros! – Jenny disse à amiga.

Então, ao ver o olhar de horror estampado no rosto da amiga, ela riu.

– Brincadeira! – Jenny sorriu.

O Teatro das Bruxas

– É verdade, ela só está brincando. Essas coisas não existem, Jo, você tem assistido a muitos filmes de terror – brincou Melissa.

Jo sorriu, tímida.

– Não, não, eu sabia o tempo todo, sabia que ela estava brincando. Verdade! Eu sabia – ela tentou convencer a amiga incrédula.

Jenny pegou no braço de Jo.

– Tudo bem, Jo, também não estou contente com essa história de cemitério. Mas vai ficar tudo bem, você vai ver.

Capítulo 6

Quatro e meia em ponto. Melissa olhou o relógio. Onde estavam as outras? Bem nesse momento, ela ouviu as amigas conversando enquanto chegavam ao topo da colina para se juntarem a ela.

– ... E isso aconteceu logo que tiveram que colocar um curativo em mim – finalizou Jo. – Que vergonha. Lá estava a Katy, patinando e rodopiando como uma profissional, e eu levei o maior tombo. E o sangramento simplesmente não parava, o que era ainda pior. Quando a atendente insistiu para que eu fosse à enfermaria, achei que ia morrer de vergonha. Quer dizer, 14 anos de idade e vou ficar com uma linda cicatriz enorme no joelho, ficará uma beleza no Baile de Natal. Que ótimo.

– Ei, Melissa, está aí há muito tempo? – perguntou Jenny.

Hora do Espanto

Melissa mudava de posição, batendo os pés na tentativa de se manter aquecida.

– Não – ela sorriu, meio sem graça. – Acabei de chegar.

Realmente era uma tarde cruelmente gelada. Os caminhos levavam a diferentes direções e brilhavam na semiescuridão com a geada.

– Certo – disse Melissa, assumindo a liderança como sempre. – O plano é o seguinte: acho que devemos nos separar. Cada uma de nós procura em uma parte do cemitério até encontrarmos o túmulo. É a maneira mais rápida de fazermos isso, não faz sentido procurarmos no mesmo lugar. Então, o que acham de irmos sozinhas e voltarmos a nos reunir aqui às sete? Acho que é tempo suficiente.

– E se acharmos o túmulo antes disso? – Jenny perguntou.

– Ah, o cemitério não é tão grande assim – disse Melissa, pensativa. – Que tal nos encontrarmos no mausoléu às seis? Acham que é tempo suficiente?

Jenny se arrepiou com o uso da palavra "mausoléu". O prédio grande e imponente que

O Teatro das Bruxas

ficava no limite do cemitério tinha sido erguido 100 anos atrás pelo senhor Carruthers, em memória de sua esposa. A princípio, um imponente monumento à memória da senhora Carruthers, ele agora abrigava não só o corpo dela, mas também o do próprio senhor Carruthers e de muitos membros da família dele. Jenny admitiu, contrariada, que era uma bela construção, mas o mausoléu lhe causava arrepios, e ela passaria por ali o mais rápido possível se tivesse de ir por aquele caminho. Ela observou as altas cúpulas do edifício e, logo em seguida, desviou o olhar.

Naquele momento, o que ela realmente queria fazer era dar meia-volta e ir para casa. Ela detestava coisas e lugares assustadores, e também detestava ser tão fácil convencê-la a fazer coisas de que ela não gostava. Jenny suspirou. Apesar disso, ela gostava muito de Melissa e Jo e não queria abandonar as amigas nessa hora.

– Claro – ela disse, com falso entusiasmo. – Seis da tarde é um ótimo horário. Quem vai seguir por qual caminho?

Hora do Espanto

Depois de decidirem, as garotas partiram, cada uma com seus pensamentos, e todas determinadas a encontrar a lápide. Jenny estava mais convencida do que as outras de que voltaria antes que o céu escurecesse totalmente. Ela queria que essa busca terminasse o quanto antes.

O cemitério se dividia em três caminhos, e cada garota seguiu por um deles. Jenny foi andando lentamente, examinando cada lápide enquanto passava.

– David Fisher, amado marido e pai. Nasceu em 1902, morreu em 1964 – ela leu na primeira.
– Suzanna Bellingham, 7 anos de idade. Nossa bela filha foi se encontrar com os anjos. Nasceu em 1935, morreu em 1942.

Jenny parou e contemplou. "Que horror" – ela pensou. "Deve ser horrível perder um filho tão jovem."

Ela se perguntava o que teria acontecido com a garotinha, talvez um acidente ou alguma doença que provavelmente teria cura nos dias de hoje, mas não em 1942. Ela se afastou e tentou se concentrar.

O Teatro das Bruxas

– Vamos, Jen – ela começou a falar sozinha. – Você não está aqui para refletir sobre a morte das pessoas. Está aqui para encontrar uma lápide em particular.

Ela prosseguiu, com os olhos concentrados no nome em cada lápide. Ela até viu a lápide de uma Geraldine, mas o sobrenome e as datas não correspondiam.

Ela passou por lápides tão antigas que haviam tombado, e também por outras recém-colocadas, com flores espalhadas na frente delas. Ela não conseguia decidir qual ela detestava mais.

Depois de uma hora, ela tinha percorrido um lado do caminho e virou para voltar pelo outro lado.

Estava ficando mais escuro, então ela achou melhor caminhar mais perto das sepulturas para ler as inscrições. Triste por não ter levado uma lanterna, ela se perguntava como as outras garotas estariam se virando.

Na metade do caminho de volta, ela sentiu alguns respingos de chuva.

Hora do Espanto

"Ótimo" – ela pensou. "Era só o que faltava, ficar presa no cemitério numa noite fria de novembro, e debaixo de chuva!"

Ela olhou para o céu enegrecido. A chuva ficou mais forte e ela apertou o passo, indo em direção ao mausoléu. Com um pouco de sorte, Jo ou Melissa já teria encontrado o túmulo, e todas poderiam sair daquele lugar.

Ela olhou as outras lápides de maneira superficial enquanto caminhava com pressa em direção ao mausoléu. Nem sinal das amigas. Jenny ficou lá fora por alguns minutos, com a chuva muito mais forte, pingando do casaco e ensopando as calças.

"Elas devem ter entrado" – ela pensou. "A pessoa tem que ser muito maluca para ficar aqui parada tomando chuva."

Ela virou e subiu alguns degraus até o mausoléu e girou a maçaneta. Jenny abriu a porta pesada lentamente, fazendo com que ela rangesse. A menina prendeu a respiração. Lá dentro estava tão escuro quanto o lado de fora, e tudo cheirava a mofo e umidade. Ela deu um passo para

O Teatro das Bruxas

a frente. À direita, via-se o túmulo erguido pelo senhor Carruthers em memória da esposa. O túmulo de mármore branco quase não era visível na escuridão, assim como as colunas de pedra colocadas em cada canto. Desenhos ornamentais e inscrições enfeitavam as paredes, embora Jenny não conseguisse ver exatamente o que eram.

– Melissa? Jo? – ela tentou chamar, embora sua voz não passasse de um sussurro.

Ela limpou a garganta e tentou de novo, chamando as amigas um pouco mais alto desta vez. Ela começou a seguir em frente, e reparou em outro enorme túmulo à esquerda, com a forma do corpo de um homem esculpida em mármore na parte de cima. Com os olhos cada vez mais acostumados à escuridão, Jenny conseguiu perceber a silhueta.

"Que bizarro" – ela pensou, incapaz de compreender por que alguém ia querer retratar a própria imagem em um local tão medonho como aquele, fedendo a carne podre.

Hora do Espanto

Ela ouviu algo se arrastar perto de seus pés e pulou, encostando a mão em um dos túmulos ao fazer isso. Embora não tivesse certeza, ela achou que viu uma cauda desaparecer através de um buraco na parede.

"Essa não! Ratos!" – ela pensou, com a intenção de correr.

Ela se acalmou e tirou a mão do túmulo. Sentiu a mão úmida e pegajosa. Levou-a para mais perto do rosto e viu que estava coberta com um lodo que parecia se mexer. Eram larvas! Elas rastejavam por todo o túmulo e agora por sua mão! Tentou sacudir a mão para tirar as terríveis criaturas dali e mal conseguiu abafar um grito quando se virou para sair correndo daquele lugar horrível. Ela podia ver milhares de larvas saindo pelos olhos e pelo nariz da estátua de mármore no túmulo. Ela tinha que sair dali, rápido.

Nesse exato momento, a pesada porta de madeira bateu com força e se fechou.

Capítulo 7

– Jenny, aqui – ela ouviu a voz da amiga. – Estávamos esperando por você.

Ela olhou em volta e conseguiu reconhecer as imagens de Melissa e Jo.

– Ainda bem! – ela respirou, abafando um pequeno soluço enquanto corria em direção às amigas. – Estou tão feliz de ver vocês. Acabei de passar por uma experiência terrível. Acho que temos que sair daqui agora.

Melissa e Jo olharam na direção dela.

– Não seja boba – disse Melissa. – Está tudo bem agora. Vamos, venha e sente-se ao meu lado.

As duas garotas estavam sentadas num banco baixo na frente de uma plataforma elevada, quase como um altar. Melissa virou-se em direção à amiga e estendeu os braços para ela. Mas alguma coisa estava faltando.

Hora do Espanto

– Sua mão! – gritou Jenny, recuando horrorizada. – O que aconteceu com a sua mão?

A mão de Melissa não estava mais lá! O braço dela parecia terminar logo na manga do casaco.

– Não entendo – Jenny resmungou. – Está de brincadeira comigo? Porque, se estiver, não estou achando graça nenhuma.

Ela virou-se para a outra amiga.

– Jo, Jo, fale comigo.

– Calma – Jo começou a falar. – Não precisa ficar histérica.

Jenny se virou para a amiga, então engasgou e gritou de horror. Jo estava sem o olho direito.

– Não grite, bobinha. É só uma cavidade ocular. Nossa, não sabia que você era tão medrosa.

Jenny cobriu o rosto com as mãos. Devia estar tendo um pesadelo, com certeza. Não havia outra explicação para aquilo. Ela abriu os olhos e se virou de novo para as amigas. Para seu horror, Melissa e Jo estavam sofrendo alguma transformação bizarra bem diante de seus olhos. A pele delas se tornou marrom e quebradiça e o rosto delas começou a descascar. Por

O Teatro das Bruxas

baixo, surgiram rostos muito mais velhos, que Jenny reconheceu como pertencentes às bruxas da peça. Seus rostos estavam cobertos de verrugas, rugas, com enormes narizes em forma de gancho e dentes tortos enegrecidos. As roupas também tinham sido substituídas pelas capas pretas que Jenny já conhecia bem. O mau cheiro permeava o mausoléu e o terror de Jenny era completo.

Ela queria correr, mas sabia que teria de passar pelos túmulos, que continham corpos podres, e pelo chão, que parecia estar vivo, com tantas larvas se retorcendo. Ela sentiu uma cutucada nas costas e se virou para ver quem era. Ela prendeu o ar bruscamente. Era a terceira bruxa, aquela que ela representava na peça.

– O que estão fazendo? O que querem de mim? – ela perguntou, hesitante.

– Não queremos nada de você, querida – respondeu uma delas. – O que importa é o que você quer de nós, entendeu?

– Infelizmente, não – Jenny tentou falar sem tremer.

Hora do Espanto

As três bruxas agora a rodeavam. A respiração fétida delas tocava no rosto de Jenny conforme elas caminhavam lentamente em volta da garota, arrastando as capas pretas no chão.

– Como você é inocente! – gargalhou a bruxa caolha. – A peça, meu amor, a peça. *Oh, fantasmas, obedeçam-nos!*, lembra? Aquela que você está encenando na escola? Não sabe sobre o que ela é? Não sabe que é perigoso mexer com bruxaria quando não se entende nada a respeito disso?

– Mas... mas... é só uma peça – Jenny balbuciou, tentando desesperadamente manter a calma.

As bruxas pararam de andar.

– Só uma peça? – disse a primeira, num tom de voz baixo e ameaçador. – Você, garota burra, não sabe de nada? Você não pode simplesmente recitar feitiços, mexer com bruxaria, cortar mechas de cabelo e depois dar o fora. A bruxaria é uma coisa muito perigosa, sabia?

A bruxa aproximava o rosto cada vez mais de Jenny, que recuava conforme ela chegava perto, mas era empurrada para a frente de novo pelos dedos esqueléticos da bruxa atrás dela.

O Teatro das Bruxas

– Nós não cortamos o cabelo de verdade – ela gaguejou. – Só fingimos.

– Calada! – a bruxa vociferou. – Sou eu quem está falando.

Ela passou os dedos esqueléticos pelo cabelo de Jenny, fazendo a garota se arrepiar. Mas, apesar disso, ela aguentou firme.

– Ela é corajosa, não é? – gargalhou a bruxa quando a garota se manteve firme. – Por que acha que esperamos por você esta noite? Queríamos lhe oferecer uma coisa, minha querida.

A bruxa olhou para as colegas. Ambas concordaram e sorriram para a garota. Ela segurou as mãos de Jenny com a única mão que tinha. Os dedos da bruxa eram longos, esqueléticos e inacreditavelmente frios. Jenny queria tirar a mão dela das suas.

– Que tal se juntar a nós? – ela perguntou à garota. – Vire uma bruxa, uma bruxa de verdade, e não alguém que atua numa peça. Alguém que faça as coisas acontecerem.

E ela cuspiu nos pés da garota. Jenny olhou para baixo e viu o cuspe se espalhar e crescer no

Hora do Espanto

chão do mausoléu antes de começar a ganhar forma. Primeiro, a cauda se formou, em seguida, veio o corpo longo e peludo, cheio de dentes afiados, até que aos poucos o cuspe se transformou num enorme rato marrom! Na verdade, o maior rato que Jenny já tinha visto. Ela recuou, mas notou que o rato não se afastava dela. Ele parecia contente de olhar para ela.

A bruxa deu um sorriso largo, quase sem dentes, e suas irmãs gargalharam. A bruxa que não tinha um olho bateu palmas.

– Muito bom, irmã, eu tinha até esquecido esse velho truque – e ela também cuspiu no chão.

O cuspe dela também se espalhou e cresceu antes de se transformar em outro rato, incrivelmente maior que o anterior. Para não ficar para trás, a terceira irmã repetiu o processo, e logo havia dezenas de ratos, alguns marrons, outros pretos, mas nenhum deles se mexia, e todos pareciam olhar fixamente para Jenny.

– Por favor, eu quero acordar – a jovem implorou. – Deixem-me abrir os olhos e acabar com esse pesadelo!

O Teatro das Bruxas

Jenny fechou os olhos por alguns segundos, mas, quando ela os abriu de novo, a cena era exatamente a mesma de antes.

– Ainda estamos aqui, querida – gargalhou a primeira bruxa, que parecia ler a mente da garota. – E ainda estamos à procura de recrutas. Vamos, meu amor – ela esfregou o dedo esquelético no queixo da garota. – Você vai se divertir muito. Vamos ver de quem mais você não gosta, além do jovem Danny Cottrill? Cuidamos dele para você, não foi? Ele ainda está respirando com a ajuda de aparelhos, mas você pode fazer a mágica, Jenny. Você! Você pode lançar esses feitiços malignos. Nunca mais vai sentir medo de ninguém. Ninguém será capaz de machucar você, e nós podemos lhe dar esse poder. O que me diz?

Jenny estava horrorizada.

– Danny? Vocês fizeram isso com o Danny? Como puderam, que coisa horrível...

– Não, querida, você fez isso – a bruxa interrompeu. – Você desejou mal ao menino, não foi? E como nós temos que obedecer a você, de acordo com o título da peça, estávamos apenas realizando os seus desejos.

Hora do Espanto

– Mas às vezes todos dizem coisas sem pensar – disse Jenny. – Eu não queria que nada de ruim acontecesse com o Danny.

Ela mexeu um pouco o pé, olhando para baixo. Os ratos ainda estavam olhando para a garota, mas nenhum deles se mexia.

– Então você deve tomar mais cuidado com o que deseja. Mas ainda não sei se consigo acreditar em você. Acho que você daria uma grande bruxa, e estamos precisando muito de sangue novo.

Ela andou em direção à garota e chutou um rato. O rato reagiu pela primeira vez, mordendo furiosamente o tornozelo de Jenny, como se a culpa fosse dela. A garota gritou e se curvou para esfregar o tornozelo.

– Por favor, deixem-me ir – ela implorou às bruxas. – Meus pais devem estar preocupados. Preciso voltar para casa, por favor.

– Não seja burra, não podemos deixar você ir agora. Você vai se tornar uma de nós. Tenha paciência, querida, só precisamos recitar um pequeno feitiço, não vai demorar. Venham, irmãs, deem as mãos, e você, querida, precisa se con-

O Teatro das Bruxas

centrar no que estamos dizendo, para se juntar a nós no final, e fazer o juramento para se tornar uma seguidora de todas as coisas malignas.

As bruxas começaram a entoar o feitiço, caminhando lentamente ao redor da garota. Os ratos começaram a correr em todas as direções, para escaparem dos chutes certeiros das bruxas. Jenny tremia da cabeça aos pés, tentando desesperadamente pensar num jeito de escapar. Se ao menos ela pudesse quebrar o círculo das mãos das bruxas e correr em direção à entrada do mausoléu, talvez ela conseguisse evitar os ratos, embora tivesse certeza de que encontraria milhões de larvas gosmentas espalhadas pelos túmulos e pelo chão. Ela engoliu em seco. Decidiu que suportaria as larvas. Ela tinha que sair dali.

Ao olhar em direção aos fundos do mausoléu, ela viu, horrorizada, que um dos túmulos estava se abrindo. Uma mão esquelética empurrou a tampa de mármore e ela viu a cabeça de um esqueleto aparecendo.

Jenny desmaiou.

Capítulo 8

Enquanto isso, lá fora no cemitério, Melissa e Jo (a verdadeira Melissa e a verdadeira Jo) tinham encontrado o túmulo de Geraldine Somers. Elas se encontraram justamente no mausoléu, depois de terem explorado todas as sepulturas do cemitério, quando por acaso observaram algumas sepulturas escondidas no canto logo ao lado da entrada. E, com certeza, lá estava ela, claramente gravada com o nome da autora. As garotas se inclinaram, limpando as gotas de chuva dos olhos.

– Geraldine Somers! Finalmente encontramos você – respirou Melissa.

Ela passou os dedos pelas letras da sepultura, observando as datas de nascimento e de morte da mulher, o tempo todo pensando em como a inscrição era simples e discreta quando comparada às outras. Havia um vaso com flores ao pé

Hora do Espanto

da sepultura, e Melissa se perguntou instintiva-mente quem as teria colocado ali.

– Então vocês me encontraram, garotas – disse uma voz suave e sussurrante.

Jo e Melissa olharam intrigadas uma para a outra.

– Quem disse isso? Jenny? – as garotas olha-ram ao redor.

O vento uivante e o constante barulho da chuva forte caindo ecoavam no ouvido das ga-rotas. Melissa afastou o cabelo do rosto e sorriu para Jo.

– Estamos ouvindo coisas. O vento está brin-cando com a gente, é só isso.

Porém, a voz veio de novo, ainda suave, mas desta vez um pouco mais clara.

– Eu estava esperando vocês, garotas. Estou muito contente por finalmente estarem aqui.

As duas garotas se levantaram prontamente, quase caindo de tanta pressa, e se agarraram.

– De onde isso está vindo? – Jo perguntou. – Ouço uma voz, mas não vejo ninguém.

Ela se segurou em Melissa, apavorada.

O Teatro das Bruxas

– Por favor, não tenham medo, garotas – dizia a voz, agora mais forte e mais insistente. – Eu realmente preciso falar com vocês. Por favor, inclinem-se para perto da lápide de novo, preciso que vocês me escutem com muita atenção.

Melissa e Jo se entreolharam espantadas, mas, principalmente por não saber o que fazer, elas resolveram fazer o que lhes era pedido. Deram um passo à frente e se ajoelharam em frente à lápide de Geraldine Somers. Assim que as duas se ajoelharem na grama úmida, elas ouviram um suspiro de alívio.

– Obrigada, garotas, eu desejei muito que fossem vocês as pessoas que me ajudariam, então, por favor, ouçam com muita atenção o que eu vou dizer. Sou o fantasma de Geraldine Somers. Não tenho mais o poder de me materializar. O meu fantasma enfraqueceu bastante com o passar dos anos, e receio que vocês não consigam me ver. Vocês podem, no entanto, ouvir a minha voz e espero que, assim que eu tiver contado a minha história, vocês me ajudem.

Hora do Espanto

A chuva caía sobre a sombra das garotas ajoelhadas e o céu estava completamente preto. Melissa e Jo estavam com medo. Não queriam mais ficar no cemitério. Queriam esquecer toda aquela ideia de encontrar o túmulo da autora. Queriam esquecer a peça inteira. Mas, antes que as garotas conseguissem se mexer, a voz falou de novo.

– Vocês precisam saber que fui eu quem escreveu a peça *Oh, fantasmas, obedeçam-nos!*. Sei que vocês duas e a sua amiga estão representando os papéis das três bruxas, e é por isso que preciso falar com vocês. Como vocês sabem, embora a peça tenha sido escrita há mais de 60 anos, ela jamais foi encenada no palco. Sempre há uma série de acidentes que recaem sobre quem tenta me ajudar a impedir as bruxas do mal de concluírem o plano delas. Todas as pessoas que já representaram os papéis das bruxas até agora ficaram felizes de realizarem seus desejos, e perderam completamente o interesse em me ajudar a quebrar a maldição das bruxas. Então, quando eu soube que vocês não

O Teatro das Bruxas

ficaram felizes com os acontecimentos recentes, bem, foi como um sopro de vida – ela parou para pensar um pouco. – É tudo culpa minha – ela recomeçou. – Eu escrevi as palavras da peça e, querendo ou não, eu conjurei essas irmãs nefastas e somente eu posso devolvê-las para a escuridão à qual elas pertencem. Claro que não posso fazer isso pessoalmente, então me coloco à disposição de vocês e peço, ou melhor, imploro que vocês me ajudem.

– Mas o que podemos fazer? – Melissa perguntou. – As bruxas, ou fantasmas, não podem ser reais, não é?

Ela olhou para Jo. Jo não respondeu, mas seu olhar disse tudo.

– É, eu sei – Melissa concordou, com ironia. – Estou falando com uma lápide. As coisas não poderiam ser mais reais que isso.

– Não temos muito tempo, garotas – a voz recomeçou. – Então, por favor, ouçam o que tenho a dizer. No passado, as garotas que faziam os papéis das bruxas realmente incorporavam as personagens. Crianças decentes e bem-edu-

Hora do Espanto

cadas transformavam-se em pessoas más, que se acostumavam com o fato de seus desejos se tornarem realidade. No decorrer dos ensaios, qualquer pessoa que contrariasse essas garotas sofria algum acidente desagradável. Verifiquem nos registros da escola, vocês verão que estou falando a verdade. Porém, se a peça chegar à noite de estreia, ela não deve ser encenada da maneira como foi escrita. Se isso acontecer, toda a plateia ficará enfeitiçada. O que precisamos fazer, sem que ninguém mais saiba, é mudar algumas partes da peça, para quebrar o feitiço e enviar essas bruxas malvadas para outro lugar. Se fizerem isso, vocês conseguirão libertar o meu fantasma aprisionado. Não posso descansar enquanto as bruxas estiverem fazendo sua obra maligna.

Ela parou. Melissa enxugou um pouco de chuva no rosto e sentou-se novamente.

– Sei que é muita informação para vocês entenderem. E sei como essa história toda deve parecer inacreditável, mas eu imploro a vocês. Vocês vão me ajudar?

O Teatro das Bruxas

Antes que pudessem responder, as garotas ouviram um grito alto vindo do mausoléu. Elas se levantaram imediatamente.

– Jenny!

Capítulo 9

Melissa e Jo correram na direção da grande construção e rapidamente subiram os degraus. Quando empurraram a porta, ficaram horrorizadas com o que viram. Com os olhos já acostumados à escuridão, elas conseguiram ver claramente a amiga no outro lado do mausoléu. E ela não estava sozinha. Como Geraldine Somers havia dito, as três bruxas realmente perambulavam pela Terra, praticando feitiçaria. De fato, elas estavam bem ali, enfeitiçando a pobre amiga! Melissa agarrou forte na mão da Jo.

– Vamos logo! Temos que ajudá-la – Jo disse. – Melissa, olhe!

Melissa acompanhou o olhar fixo da amiga até o tapete de larvas que se movia à sua frente. Ela deu uma golfada de ar e colocou a mão na boca.

Hora do Espanto

"Larvas não, larvas não, por favor" – Jo pensou.

Jo odiava larvas, e elas estavam por toda parte. Rastejavam sobre os túmulos e até subiam pelas colunas. Engolindo em seco, Melissa puxou a amiga pela mão.

– Temos que fazer isso – ela disse. – Vamos, Jo, temos que ajudar a Jenny.

Jo jamais esqueceria o barulho das larvas sendo esmagadas no momento em que as duas foram corajosamente em frente, até o centro do mausoléu.

Agora, as bruxas caminhavam em círculo em volta de Jenny. Melissa e Jo tentaram se esconder atrás de uma das muitas colunas, antes de decidirem qual a melhor forma de ajudar a amiga.

Quando Melissa escutou os ruídos aos seus pés, ela nem precisou olhar para baixo. Sabia que eram ratos. Jo abafou um grito e se agarrou com força na amiga.

O cântico das bruxas foi ficando mais alto, e as garotas sabiam que teriam que agir rápido

O Teatro das Bruxas

para ajudar Jenny. Assim como Jenny, Melissa e Jo também viram o túmulo se abrir. Mas enquanto Jenny desmaiava, as outras duas garotas não tiveram a mesma sorte. Elas foram tomadas pelo terror quando os olhos vermelhos brilhantes da caveira saíram do túmulo.

– O que está acontecendo aqui? – gritou uma voz no fundo do mausoléu.

Quando as garotas olharam, ambas as portas foram escancaradas e dois policiais corpulentos carregando lanternas entraram. No mesmo instante, a tampa do túmulo deslizou de volta a seu lugar, as larvas e os ratos desapareceram, e as bruxas simplesmente evaporaram em pleno ar. Melissa e Jo saíram do esconderijo, correram até onde a amiga estava e se ajoelharam ao lado dela.

Jo chacoalhou a amiga.

– Jenny, Jenny, você está me ouvindo? É a Jo. A Jo e a Melissa. Está tudo bem?

Jenny abriu os olhos bem lentamente.

– Elas foram embora? – ela perguntou, sussurrando.

Hora do Espanto

– Sim, elas foram embora, Jenny – Jo tranqui-
lizou-a. – Vai ficar tudo bem. Consegue ficar
sentada?

Ajudada por Melissa e Jo, Jenny conseguiu se
sentar. Um breve lampejo de medo passou por
seu rosto.

– Vocês são a Jo e a Melissa de verdade? Vocês não vão se transformar naquelas bruxas hor-
ríveis de novo, vão?

Melissa estendeu os braços para abraçar a
amiga.

– Somos nós mesmo, Jen – ela disse.

Jenny se inclinou para a frente para receber o
abraço da amiga.

– Você tem as duas mãos, Melissa – ela sorriu.
– É você mesmo!

Pouco antes de ela desmaiar pela segunda vez
naquela noite, os dois policiais ainda a ouviram
dizer:

– E você está com o olho de volta, Jo. Estou
tão feliz porque você está com o olho de volta.

– Está em choque – um policial comentou com
o outro. – Vamos levá-la embora.

Capítulo 10

– Você teve muita sorte, mocinha – disse a enfermeira no hospital ao colocar a bota no pé de Jenny. – Não sei se foi rato ou não, mas o bicho que mordeu o seu tornozelo só não conseguiu rasgar a sua pele por causa da bota.

– Eu também não tenho certeza – disse Jenny, no movimentado pronto-socorro para onde foi levada depois dos horrores do mausoléu.

Ela estava começando a se perguntar se não tinha imaginado aquilo tudo quando a enfermeira disse que havia uma marca em seu tornozelo, como se alguma coisa tivesse tentado mordê-la...

A enfermeira abriu o biombo. Melissa e Jo puderam ver a amiga.

– A sua mãe vai chegar logo – disse a enfermeira ao sair para atender o próximo paciente.

Hora do Espanto

– E, vocês, não se sentem na maca! – ela advertiu as outras garotas.

Melissa e Jo se levantaram e se posicionaram uma de cada lado da amiga.

– Puxa! Tudo o que fizemos hoje à noite terminou em encrenca – sorriu Melissa.

– Pois é – concordou Jo. – Mesmo assim, prefiro ter problemas com uma enfermeira a enfrentar três bruxas do mal num cemitério assustador.

– E agora? – perguntou Jenny.

– O que você não sabe é que, enquanto você estava sozinha no mausoléu, Jo e eu encontramos o túmulo de Geraldine Somers e conseguimos falar com ela – disse Melissa.

– Falar com ela? Como podem ter falado com um fantasma? – questionou Jenny, ainda se perguntando se estava em estado de choque mesmo.

Jo e Melissa trocaram olhares.

– Bem, sabemos que parece bizarro – disse Jo. – Mas realmente aconteceu.

O Teatro das Bruxas

E, revezando-se, as duas garotas recontaram palavra por palavra o que Geraldine Somers havia dito no túmulo.

Quando elas terminaram, Jenny concordou movendo a cabeça lentamente.

– Faz todo sentido, então! E eu não estava sonhando, não é? As bruxas, a peça, a mão e o olho faltando, tudo isso realmente aconteceu. Nossa! Bela encrenca essa, não é?

– Pois é – disse Melissa. – A pergunta que temos que fazer agora é: vamos nos afastar de Geraldine e de todos os problemas que envolvem a peça ou vamos ajudá-la?

– E a todos os outros – Jo emendou. – Lembrem-se do que ela disse: se a peça estrear exatamente como o roteiro foi escrito, toda a plateia será enfeitiçada. Na verdade, acho que não temos escolha.

– Mas faltam apenas alguns dias para a estreia – disse Jenny. – E o ensaio geral é na quinta-feira. Não podemos demorar para decidir como vamos sabotar a peça.

Melissa ficou pensativa.

Hora do Espanto

– Geraldine disse que não podemos encenar a peça palavra por palavra. Mas e se nós modificarmos o texto? E se não recitarmos os feitiços exatamente como foram escritos? E se não entoarmos os cânticos como deveríamos? Será que daria certo? – ela olhou com ar de dúvida para as amigas.

– Sim, isso pode funcionar, Melissa – Jenny concordou. – Mas, assim que dissermos algo errado, a professora Debby, ou alguém no palco, pode interromper a peça por esse motivo e nos corrigir. Como vamos lidar com esse problema?

Melissa pensou um pouco mais.

– Vamos faltar nos ensaios – ela disse lentamente. – Não percebem? A professora Debby nos corrige nos ensaios, mas ela não pode nos interromper e corrigir na noite de estreia. Não com o auditório lotado de pais e professores. Seria muito vergonhoso para ela admitir que as três protagonistas erraram!

– E como vamos nos desculpar pelas faltas nos ensaios? – Jo perguntou.

– Bem, a Jenny tem a desculpa perfeita, não é? Bateu a cabeça, machucou o tornozelo, preci-

O Teatro das Bruxas

sa de alguns dias de descanso. Sem problemas. E você e eu? Hum, vamos ver, um resfriado? Dor de garganta? Qualquer mal-estar justificaria – disse Melissa. – A escolha é sua.

– E então todas estaremos milagrosamente recuperadas na noite de estreia – disse Jo. – Até lá, já teremos mudado os trechos necessários da peça e decorado as novas falas!

– Simples assim – sorriu Melissa. – Deixem que eu reescrevo o texto e chantageio o meu irmão para levar as novas falas para vocês. Se eu fingir que estou com dor de garganta, com certeza os meus pais não me deixarão sair de casa. Sabia que algum dia o meu irmão poderia ser útil.

– No cemitério? – elas ouviram uma voz na outra ponta do corredor.

– Essa não! A minha mãe – Jenny lamentou, sentindo-se ainda pior do que antes.

– Dentro do mausoléu? Mas o que ela fazia lá? Onde ela está? Deixem-me vê-la, por favor! Jenny? Jenny? Onde você está?

A mãe, com sua voz estridente ecoando pelo corredor do hospital, encontrou a filha no leito.

Hora do Espanto

Ela abraçou a garota com tanta força que Jenny mal conseguia respirar.

– Vamos embora, então – disse Jo, enquanto ela e Melissa saíam.

Jenny tentou acenar para as amigas, mas a mãe a tinha abraçado tão forte que ela não conseguia mexer os braços.

– Mãe, eu estou bem – ela se esforçava para falar. – Sério, foi só uma pequena queda. Não quebrei nada.

– Bem? Bem? – a mãe berrou. – Você faz ideia das coisas que passaram pela minha cabeça desde a hora em que a polícia apareceu em casa hoje à noite? E quando me contaram que acharam você no mausoléu? Está maluca? O que você fazia lá? Você, Jenny, a minha Jenny que se assusta com a própria sombra?

– É uma longa história, mãe, mas neste momento estou um pouco cansada. Podemos conversar mais tarde?

– Cansada? – a mãe questionou. – Mas você não pode dormir agora, querida, você pode ter sofrido uma concussão. Bateu a cabeça quando

O Teatro das Bruxas

caiu? Espere aí, não se mexa. Vou ver com os médicos exatamente como você está. Acho que você não deve voltar para casa comigo esta noite. Talvez seja uma boa ideia passar a noite aqui, em observação.

Quando a mãe saiu do quarto, Jenny encostou a cabeça no travesseiro e fechou os olhos. A mãe continuou a tagarelar. Mas, depois de toda a aflição daquela noite, ela achou aquela voz estridente estranhamente reconfortante. Talvez tivesse sido uma concussão mesmo...

Capítulo 11

– Jo, onde você está? – gritou o pai de Jo, do andar de baixo.

– No banheiro – a garota resmungou. – O que foi?

– O irmãozinho da Melissa trouxe um pacote para você, está na mesa do telefone. Venha pegar. Eu ia levar aí em cima, mas estou muito atrasado para o trabalho.

Jo apareceu no alto da escada.

– Tudo bem, pai. Vou descer num minuto. A Melissa disse que mandaria umas revistas para mim, não é nada importante.

– Certo, então. Preciso ir. Até mais tarde, querida! – o pai respondeu enquanto tentava soltar a corrente da porta.

– Não é melhor você deixar a pasta no chão primeiro? – sugeriu a filha.

Hora do Espanto

Ele colocou a pasta no chão com uma mão e, com a outra mão, pôs metade de uma torrada na boca. Então, conseguiu soltar a corrente da porta.

– Tchau! – ele se despediu de novo e fechou a porta.

Jo balançou a cabeça.

"Pais..." – ela pensou. "Às vezes são piores que os filhos."

Ela desceu a escada voando e pegou o envelope marrom que estava sobre a mesa. Dois dias haviam se passado desde o incidente do cemitério, e restava apenas um dia antes da estreia da peça. Jo foi para a cozinha, preparou chá fresco com torradas, colocou tudo numa bandeja e levou para seu quarto. Abriu um pouco as cortinas para deixar entrar um pouco da luz cinzenta do mês de novembro no quarto e sentou-se para ver as correções de Melissa.

Uma cena bem parecida ocorreu na casa de Jenny, quando ela examinou as páginas para ver as modificações que Melissa tinha feito. A amiga tinha usado um marca-texto amarelo para facilitar a leitura das alterações. Jenny começou a

O Teatro das Bruxas

estudar as falas novas. Ela não poderia dizer as palavras corretas na noite de estreia. Ela precisava se concentrar e aprender os feitiços do jeito que Melissa tinha reescrito.

Enquanto isso, na escola, a professora Debby estava arrancando os cabelos.

– Não, não, não – ela advertiu. – Não é nesse momento que você deve sair. Você tem que esperar os trolls entrarem.

Ela passou os dedos no cabelo bagunçado e respirou fundo.

Ela devia ter escutado o diretor. Ele havia lhe alertado sobre a história da peça, e ela insistiu que era capaz de encenar o espetáculo com sucesso. Mas o que aconteceu foi: as três protagonistas estavam doentes, todas elas! E, além disso, ninguém parecia ter a menor ideia de onde ficar no palco ou o que dizer. Ela se perguntava se eles tinham alguma noção da peça que estavam estrelando!

– Pessoal, sei que é difícil – ela começou a falar em um tom mais elevado. – E principalmente agora que estamos sem as três bruxas, embora

Hora do Espanto

os pais delas tenham me garantido que elas estarão aqui na noite de estreia. Então, por enquanto, vamos simplesmente fingir que elas estão aqui. Usem um pouco a imaginação e se concentrem nas cenas em que vão atuar. Talvez assim possamos terminar isso antes que eu perca a paciência com vocês.

Alguns alunos riram, forçando a professora Debby a sorrir também.

– E poderemos realmente apresentar para os pais, professores e alunos, na noite de estreia, um espetáculo digno de aplausos!

Alguns atores pigarrearam, para limpar a garganta. Outros concordaram, balançando a cabeça.

– Tudo bem, Grant, do início da cena, por favor! E lembrem-se: duendes não mascam chiclete.

Capítulo 12

O buquê de flores estava na pequena pia do lavatório da sala do diretor. Ele o entregaria à professora Debby depois da peça naquela noite. Verificou no espelho se a gravata estava arrumada e tirou um pedacinho de chocolate do canto da boca. Esse era o problema das apresentações na escola: ele não conseguia resistir aos docinhos caseiros que as mães doavam para a escola, principalmente os biscoitos de chocolate feitos pela senhora Castle. Ele afrouxou um pouco o cinto, saiu de sua sala e seguiu a caminho do auditório.

Havia um clima de empolgação no ar enquanto as pessoas entravam no auditório. Todos os espectadores conheciam alguém que se apresentaria naquela noite, um familiar ou o filho de algum vizinho ou conhecido. Irmãos mais novos se retorciam em seus assentos, qua-

Hora do Espanto

se todos sendo controlados com barras de chocolate e refrigerantes, além da promessa de sorvete no intervalo.

O cenário montado no palco tinha sido feito por alunos do oitavo ano, com ajuda da professora Debby. A cor preta, obviamente, era a principal. Morcegos, aranhas e insetos assustadores de todos os tipos e formatos estavam suspensos no teto.

Algumas crianças da escola tinham feito a programação para vender às pessoas da plateia que entravam no auditório. Infelizmente, elas tinham usado cartuchos de tinta preta e laranja que não eram compatíveis com a velha impressora da escola, então a tinta ainda estava úmida, e grande parte da plateia chegava a seus lugares com manchas alaranjadas e pretas no rosto e nas mãos.

O auditório logo ficou lotado. Melissa olhou por trás das pesadas cortinas e voltou correndo para dizer às amigas que estava quase na hora de começar. A pesada roupa preta que ela usava a impedia de correr, e o caminho estava obs-

O Teatro das Bruxas

truído por sapos estranhos e fadas ensaiando suas falas.

Quase todos foram à sala de maquiagem (a sala privativa da professora Debby fora do palco, onde ela e alguns alunos do nono ano exageraram um pouco na maquiagem, e os resultados se tornaram um espetáculo à parte).

Melissa encontrou as amigas. As três estavam nervosas, pois só tinham conseguido passar as novas falas uma vez, num encontro depois da escola naquele dia, quando voltavam para casa pelo parque.

Ela sorriu incentivando as outras duas amigas e segurou a mão delas.

– Vai dar tudo certo! – ela disse, confiante. – Vamos conseguir, vocês vão ver.

O som da música no auditório a impediu de falar mais alguma coisa. A professora Debby contou com a ajuda do professor Rankin, de Música, que fez uma fita com músicas fantasmagóricas para deixar o clima da peça mais assustador. O tema de abertura dominou o auditório e depois parou para que o diretor pudesse falar.

Hora do Espanto

O diretor, o senhor Paul, deu as boas-vindas a todos e, como prometido, fez o discurso mais breve possível. A peça foi anunciada e, antes que as garotas percebessem, as cortinas se abriram e elas estavam no palco!

– Essa é para você, Geraldine – sussurrou Melissa ao tomar seu lugar.

Capítulo 13

A peça começava com a cena em que as três bruxas cortavam o cabelo de Jonathan. Não se ouvia um som na plateia e a professora Debby notou, com alguma satisfação, que a plateia parecia atenta a cada gesto, a cada palavra. Alguns gemidos puderam ser ouvidos quando o menino foi capturado, além de muitas vaias e assobios quando as bruxas faziam seus truques. As janelas nas laterais do auditório estavam escondidas por cortinas que iam do teto ao chão, de modo que, com exceção das luzes do palco, a escuridão era quase completa. A música assustadora fornecida pelo professor Rankin foi uma fonte de inspiração. A professora se parabenizou. O clima no auditório era eletrizante. Ela voltou a prestar atenção no palco, onde a cena da "res-

Hora do Espanto

surreição dos mortos" estava sendo realizada. Ela ouviu Jenny repetir sua fala:

– Ele já está quente. Vamos terminar o trabalho.

Então, as bruxas deram as mãos e começaram a recitar o feitiço:

– Da escuridão vocês se levantaram
e mais tempo na Terra também ficaram.
Não espalharão feitiços nem ideias más,
voltem para a escuridão e nos deixem em paz.

A professora olhou intrigada para as três garotas. Então, pegou sua cópia do roteiro embaixo da poltrona. Embora o texto encenado soasse familiar, havia alguma coisa naquela pequena declamação que não parecia muito certa. Ela percorreu o texto com o dedo, e os pais que estavam atrás dela reclamaram do barulho. Ela rapidamente encontrou o trecho que procurava.

"Não espalharão feitiços nem ideias más", foi o que elas disseram. Elas deveriam ter falado: "Para mais feitiços malignos podermos espalhar".

O Teatro das Bruxas

Ela olhou rapidamente para as pessoas mais próximas dela. Ninguém tinha percebido nada. Ela se tranquilizou. É claro que ninguém iria perceber, a menos que alguém conhecesse o roteiro, como ela. Quando estava achando que tudo ficaria bem, ela pensou naquela ironia: justamente quando ela tinha ficado contente de ver Melissa, Jo e Jenny voltarem para a escola, totalmente recuperadas, garantindo que não a decepcionariam naquela noite, elas conseguiram errar o texto!

Uma onda de risos invadiu a plateia com as travessuras que um dos trolls fazia no palco. A professora Debby relaxou. Na verdade, pouco importava se um dos feitiços estava um pouco diferente. Ela colocou o roteiro embaixo da poltrona de novo e aproveitou o resto da noite. O engraçado era que as três garotas tinham conseguido errar a mesma fala.

Parecia que a mãe de Jenny tinha sido a primeira pessoa a notar a mudança da temperatura. Em eventos desse porte, auditórios lotados com pessoas vestindo casacos, chapéus e bo-

Hora do Espanto

tas de inverno normalmente esquentavam um pouco. Mas não naquela noite. Ela logo percebeu que estava tremendo de frio, então pegou o casaco que havia tirado e o colocou em volta dos ombros. A maioria das pessoas no auditório fez a mesma coisa, colocando cachecóis e até luvas. Então, o senhor Paul se levantou e foi verificar se o aquecedor estava ligado. O radiador estava gelado. Paul cochichou para o professor Rankin que iria procurar o zelador. Até os alunos que estavam no palco começaram a sentir o frio que fazia no auditório. Melissa e as amigas trocaram olhares.

– Acho que está dando certo – Melissa cochichou, enquanto batia os pés na vã tentativa de aquecê-los. – Os fantasmas estão demonstrando descontentamento. Temos que continuar.

O senhor Paul voltou para o auditório. Ele não tinha conseguido achar o zelador e também não entendia a complexidade do sistema de aquecimento. Assim que ele fechou a porta, um manto de ar quente começou a segui-lo pela sala. Ele tocou no radiador enquanto passava e

O Teatro das Bruxas

se admirou ao ver que o aparelho estava quente. O professor Rankin sorriu e fez sinal de positivo com o polegar. O diretor sorriu de volta. Na verdade, ele não havia feito nada para resolver o problema do frio, mas o professor Rankin não precisava saber disso, não é?

"É a Geraldine" – Melissa pensou quando o ar quente chegou até ela. "Ela está revidando."

Melissa sorriu e cruzou os dedos enquanto continuava com a peça.

O segundo e o terceiro atos passaram mais ou menos sem novidades, embora a professora Debby tenha percebido que as garotas eventualmente faziam alguma coisa errada. Nada muito importante, e nada que os outros pudessem notar. Talvez a última frase do feitiço estivesse incorreta, ou o cântico inteiro tivesse sido recitado ao contrário. Era muito estranho. Afinal de contas, apenas a Jenny tinha sofrido uma concussão.

O quarto e último ato começou muito bem. Era o que mostrava as bruxas conjurando todos os poderes do mau para banirem a bondade da Terra. As três sabiam que esse ato era o mais im-

Hora do Espanto

portante e que elas simplesmente não podiam errar... Ou melhor, acertar, para ser mais exato.

Quando as cortinas se abriram, o enorme caldeirão fumegante havia sido colocado no centro do palco e as três bruxas estavam ao lado dele. Os trolls e os duendes, seus ajudantes, dançavam pelo palco, alternando caretas e gritos para a plateia.

As bruxas ficaram atrás do caldeirão e observaram o mar de rostos cheios de expectativa. O livro de feitiços tinha sido colocado num púlpito à direita, e uma das bruxas ficou ao lado dele e começou a ler.

– Para que este feitiço se manifeste adequadamente – ela começou a falar com voz rouca –, é importante que sejam usados apenas ingredientes frescos. Primeiro: a língua bifurcada de uma serpente viva. Segundo: o rabo fofo de um coelho branco, que tenha sido mergulhado no sangue ainda quente de um aluno do segundo ano.

Todos os alunos do segundo ano se afundaram em seus lugares. A professora Debby começou a folhear o roteiro, e de repente as portas do

O Teatro das Bruxas

auditório foram escancaradas. Elas abriram e fecharam, várias vezes, e o fluxo de ar frio soprou o roteiro para longe. As garotas no palco tiveram que levantar a voz para serem ouvidas por causa do barulho das portas.

– Terceiro – Melissa anunciou alto, desta vez com a ajuda de Jo e Jenny. – O cérebro de um diretor, para ser fervido e devorado lentamente.

Foi a gota d'água para a professora Debby. Ela se levantou, mas foi forçada a voltar a seu lugar, pois todas as janelas abriram, e bandos de corvos invadiram o auditório, grasnando alto, voando sobre a plateia e aumentando o caos geral.

O senhor Paul estava se divertindo, por incrível que pareça. Apresentações assim normalmente eram chatas e, em mais de uma ocasião, ele havia cochilado boa parte do tempo. Mas não naquela noite. A atuação e o figurino eram excelentes, para não falar dos efeitos especiais! Eles estavam sendo o ponto alto! Ele precisaria conversar mais tarde com a professora Debby para saber como ela tinha conseguido

Hora do Espanto

fazer os corvos entrarem voando pelas janelas. Aquilo tinha sido muito bem bolado.

Melissa, Jo e Jenny começaram a gritar.

– Quarto: dois ratos enormes, um preto e um marrom, e uma caixa cheia de larvas brancas.

Ouviu-se um grito no palco e a professora Debby viu uma quarta bruxa se juntar às garotas. Quem seria ela? A professora olhou bem o rosto da bruxa, mas não conseguiu reconhecê-la.

– Não! – a quarta bruxa gritou, indignada. – Não é isso o que vocês deveriam dizer. Não são essas as falas que foram escritas para vocês. As falas que vocês deveriam dizer são: Primeiro: repolho e lagartas, com teias de aranha. Segundo: sangue de morcego misturado com ervas mortais. Terceiro: suco de dedaleira e gordura de javali. E quarto: o cabelo de uma bela menina – ela berrou, enquanto suas duas irmãs se juntavam a ela no palco.

A plateia estava extasiada. Eram seis bruxas no palco agora, corvos voando por todo o auditório e as portas ainda abrindo e fechando. Todos queriam ver o que aconteceria em seguida.

O Teatro das Bruxas

A criança mais nova no palco, Maria Certinha (recebeu esse apelido sem graça dos amigos por causa de seu jeito), estava tentando sair com o resto dos trolls quando as três bruxas mais velhas apareceram, mas ela demorou demais. A bruxa mais próxima a agarrou, colocou-a debaixo do braço e foi em direção ao caldeirão no centro do palco. A criança berrava.

– Solte-a! – Melissa exigiu. – O tempo de vocês na Terra acabou. Voltem para o lugar ao qual pertencem.

A bruxa riu, em resposta.

– Não acabou ainda, querida. Veja, temos a criança, uma criança que possui o coração imaculado. Precisamos apenas encontrar os outros ingredientes para reinarmos pelo tempo que quisermos.

Mas a bruxa estava fraca e seus passos falhavam enquanto ela se arrastava com o peso da garotinha. Ela se ajoelhou.

– Rápido, irmãs – ela disse. – Ajudem-me, ajudem-se, antes que fiquemos sem força. Vocês

Hora do Espanto

devem conter essa criança para que a gente pegue uma grande mecha do cabelo dela e jogue no caldeirão.

Uma das bruxas arregaçou a manga, exibindo os objetos afiados que ela tinha no lugar dos dedos.

De repente, uma luz brilhou no auditório e algumas palavras foram projetadas numa tela. Liderando o grupo, Melissa, Jo e Jenny começaram a cantar as palavras, e logo foram seguidas pela plateia.

– Todas as coisas deterioradas,
ordenamos que saiam já.
Vão embora e juntem-se ao maligno,
nas profundezas é o seu lugar.
Levem seus truques, feitiços
e também o seu caldeirão.
Sumam do lugar que nos pertence,
para a escuridão vocês voltarão.

O cântico foi se tornando cada vez mais alto conforme a plateia o repetia. As três bruxas estavam tão enfraquecidas que só conseguiram deitar no palco e implorar por misericórdia.

O Teatro das Bruxas

Jenny correu para o outro lado do palco e resgatou Maria Certinha, segurando-a com força e dizendo que tudo ficaria bem, enquanto a menina chorava.

Exatamente na hora em que a cortina final foi fechada, o senhor Paul teve a impressão de ver três figuras se desintegrarem em três montinhos de areia. Mas é claro que ele pensou que aquilo só podia ser um truque de iluminação.

Capítulo 14

Era uma manhã ensolarada, embora gelada, que lembrava às garotas a promessa dos dias futuros do verão.

Elas colocaram as flores aos pés do túmulo de Geraldine Somers. O vento e a chuva da semana anterior tinham destruído as flores que estavam lá da última vez em que as garotas haviam visitado o túmulo.

As três se ajoelharam e Melissa tirou algumas pétalas molhadas de cima da inscrição no túmulo de Geraldine.

– Ela agora está em paz, espero, e o que fizemos deve significar que o descanso dela jamais será perturbado novamente – disse Melissa.

Com a professora Debby, as garotas tinham destruído todas as cópias do roteiro que conseguiram encontrar, para que a peça nunca

Hora do Espanto

mais fosse encenada. Apesar de as garotas não terem revelado todos os detalhes dos acontecimentos que haviam ocorrido, a professora Debby tinha ficado assustada o suficiente para concordar com elas que seria melhor destruir o roteiro e nunca mais encenar a peça de novo.

– Então? – Jo perguntou quando as garotas se levantaram e estavam de saída. – Vai encontrar o Jonathan hoje à noite? Não que eu esteja com inveja... – ela sorriu para Melissa.

O fato de Melissa e Jonathan ficarem juntos tinha sido uma das poucas coisas boas que resultaram da encenação da peça.

– Sim, vou vê-lo jogar basquete, e depois vamos comer alguma coisa – Melissa sorriu. – E vocês?

Jo disse que iria para uma segunda rodada de patinação no gelo com a sobrinha.

– Preciso pegar o jeito desse esporte – ela riu. – Afinal de contas, a cicatriz no meu joelho já está quase sumindo.

As garotas olharam para Jenny, que sorriu, tímida.

O Teatro das Bruxas

– Eu vou ao hospital – ela disse. – Vou visitar o Danny.

As amigas ficaram chocadas.

– Danny Cottrill?

– Sim, eu sei, o valentão da escola. É que passei a conhecê-lo melhor desde a semana passada, ou desde que ele se recuperou do coma, e ele é muito simpático na verdade. Eu não sabia que os pais dele tinham acabado de se mudar para cá quando ele começou no colégio. Ele ficou inseguro e passou a agir daquele jeito para tentar chamar atenção. Ele teve uma atitude injustificável. De qualquer forma, o médico disse que ele vai ficar bem, sem sequelas, e que deve sair do hospital em poucas semanas.

As três garotas retornaram pelo mesmo caminho e saíram do cemitério, fechando o portão.

– Então, tivemos um final feliz! – disse Melissa enquanto elas iam embora para casa.

O que as garotas não viram foram as páginas flutuando uma a uma sobre o túmulo de Geraldine Somers. As flores que elas tinham acabado de deixar quase ficaram encobertas

Hora do Espanto

pelas páginas amareladas que caíram sobre elas. A página inicial ficou por cima de todas, e quem passasse por ali poderia ler as seguintes palavras: *Oh, fantasmas, obedeçam-nos!, por Geraldine Somers.*

Esperamos que você tenha gostado desta história de Edgar J. Hyde. Aqui estão outros títulos da série *Hora do espanto* para você colecionar:

A colheita das almas
O doutor Morte
O escritor fantasma
O espantalho
Feliz dia das bruxas
O piano

A Colheita das Almas

Os Grimaldi, uma assustadora família com maus comportamentos e que sempre se veste inteiramente de preto, mudam-se para a vizinhança de Billy e Alice.

Logo depois, a mãe, o pai e seus vizinhos começam a agir de maneira muito estranha, como se de repente eles se tornassem malvados.

As crianças e seus amigos, Ricky e Alex, logo são as únicas pessoas normais que sobram no bairro, em meio a ladrões, encrenqueiros e matadores.

A cidade toda, controlada pelos Grimaldi, não demora a perseguir as quatro crianças para capturar suas almas e completar a "colheita".

O DOUTOR MORTE

Alguma vez você já foi ao médico com uma doença sem importância só para descobrir que iria piorar muito em seguida?

É exatamente isso o que acontece com Josh Stevens e seus amigos. Eles deixam de ser uma turma de adolescentes saudáveis para se tornarem despojos pustulentos, fedidos e ensebados, depois que, por coincidência, passam por uma consulta com o encantador e elegante doutor Blair. As espinhas medonhas de Josh vão colocar em perigo o futuro encontro dele com a adorável Karen, mas existem "remédios" muito mais sinistros no armário do "bom" médico.

Será que Josh e seus amigos conseguirão impedir o doutor Morte de realizar seu plano funesto?

O Escritor Fantasma

Charlie é um aluno com talento para escrever, mas nem mesmo ele consegue se lembrar de ter escrito todas aquelas palavras que aparecem em seu bloco de notas!

Parece que uma história está sendo contada nas páginas do texto manuscrito, mas quem está fazendo a narrativa e por quê?

O diretor da escola de Charlie está se mostrando um pouco interessado demais no bloco de notas e não parece muito contente. Conforme Charlie investiga, descobre que as coisas são piores do que ele jamais poderia imaginar. Você alguma vez já se assustou com o diretor de sua escola?

Eu quero dizer: ficou realmente assustado?

O Espantalho

Não é raro pessoas se tornarem fortemente apegadas ao lugar onde nasceram... Mas um espantalho?

Uma série de acidentes misteriosos na nova fazenda da família Davis faz David suspeitar de que há uma relação entre eles. Será que existe alguém, ou alguma coisa, por trás desses eventos macabros?

Quanto mais David investiga, mais ele quer manter a boca calada... Até que o terrível segredo do espantalho seja revelado!

Feliz Dia das Bruxas

Samanta, Tiago e Mandy são irmãos. Os pais deles decidem descansar um pouco em uma tranquila aldeia no fim de semana do Dia das Bruxas. Os adolescentes estão muito preocupados, pois ficar em uma aldeia chata vai estragar a brincadeira de travessuras ou gostosuras.

Com certeza, o Dia das Bruxas será bem diferente do normal, mas longe de ser uma chatice!

Samanta descobre um velho livro de feitiçaria e rapidamente percebe que é capaz de controlar perigosos poderes. Então, ela é levada para um mundo terrível e sinistro de magos e bruxos, e precisa escapar de lá ou perderá a vida.

O Piano

A família Houston acredita ter encontrado uma grande pechincha quando compra um belo piano por um preço muito baixo.

Mas o piano parece ter vontade própria. Na verdade, não importa qual música as pessoas tentem tocar, ele sempre executa sua própria e triste melodia.

O que o piano tenta dizer ao mundo?

Será que os Houston levaram algo mais além da pechincha?

E quem seria o compositor da bela, mas perturbadora, música que o piano insiste em tocar?

Conheça outros títulos da coleção